unplus

因為心在左邊

◎恩佐

【自序】

我所嚮往的一切……

「突然，彷彿是對命運做了一次外科手術，治療古老盲症的手術獲得了戲劇性的成功，我從自己無可名狀的生活中抬起雙眼，以便看清自己的存在狀態……」。

我記得第一次失眠，是在我十歲的時候，當時也許是被什麼恐怖的氣氛圍繞著。後來很長一段時間，我仍然爲失眠所苦。常常我會在睡前，不自覺的把自己拆解，再拼裝成一個新的我，像普魯斯特或是費爾南多·佩索亞那樣，更具體一點的說，我頭上的綿羊就好像一個個街上的蘇格拉底一直找我講話。

當然我並沒有成爲什麼深刻的哲學家。如果就健康的角度而言，這也許是不值得鼓勵的，不過在還沒有克服前，大概可以確定的是，睡眠變成了一天胡思亂想的完結，而失眠則是最後的一波高潮，因爲黑夜使得層次更爲分明，孤寂感反而灌注了非理性的熱情。

爲什麼要提到失眠呢？應該說這本書的內容很多都是在這樣的狀態下產生的。某一種程度上，這是一本誠實的書，因爲它忠實的述說著我一部分的想法。某一種程度上，它也是帶點叛逆的，我不想複製或加工什麼，不管對或錯，我只想提出自己的觀點，不論它是以眞實或幻想的形式呈現，以肯定或疑問的方式來寫。然而它到底是一本什麼樣的書呢？我一直想效法遠藤周作的作品中，類似《沉默》或《深河》那樣關懷憐憫的精神，雖然我和他是無法比擬的。

其實本來不太想寫序，因爲做這本書的時候，經常感到疲倦，在即將完成的此時，更是如此，我想我已經對人們做了太多的告解，應該花一點時間，跟慈愛的天父說話。

不寫了，序眞的很難寫，就跟懂得操作一款新型的手機一樣困難。希望我能夠成功的克服失眠，並且繼續享受快樂的人生。

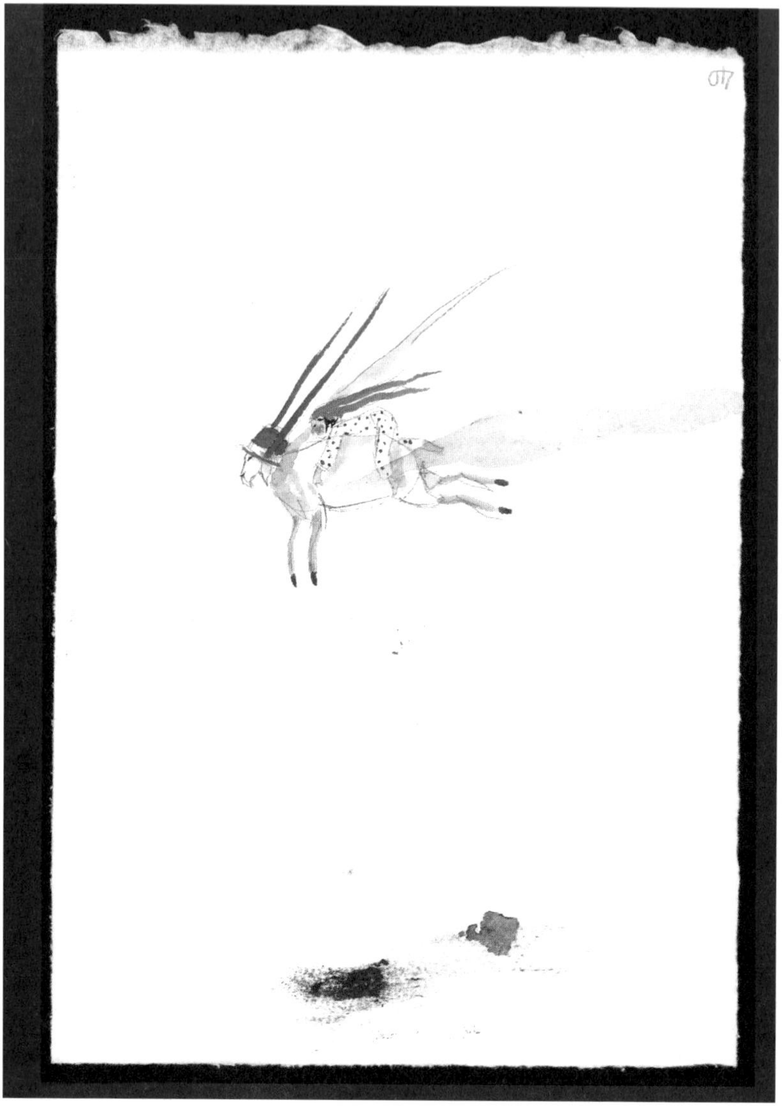

這世界與人的內心，到底存在著什麼距離？
半夢半醒的時候，一隻哲學家羊悄悄在我頭頂上說
「因為世界是用右手打造的，但是人的心在左邊。」

要怎麼縮短距離呢？
因為睡著了，
所以我沒有聽到解答……

你都用什麼方法？
我想到的只有一直寫，然後不停的畫……

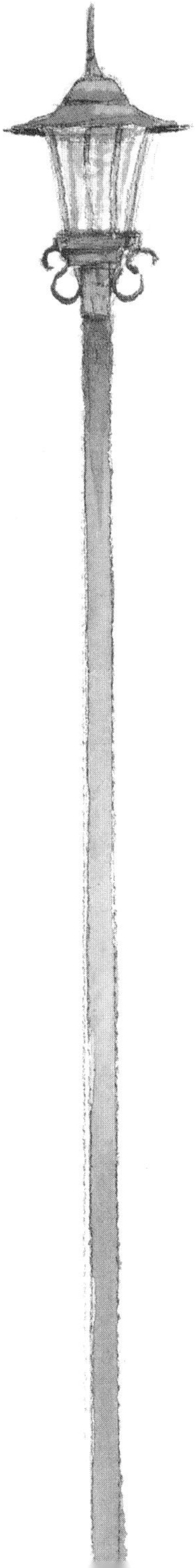

卷一

經驗之談

心理學家說
每天想著某人三小時
那麼七天之後就會情不自禁的愛上

對她我採取了一個方法
就是快睡著時才能想
但是原來這樣更慘
因爲從此之後
我每天失眠到天亮

簡單情話

其實我一伸手
就可以擁抱妳
但是我有太多的顧忌
於是我躲在妳背後
布置一片柔軟的雲
等待有天妳不小心
落在我溫柔的雲裡

我的諾言

山的那頭會是什麼
是青面紅眼的巫婆
是張牙舞爪的翼龍
是巨大猿人的黑影
是魅影幢幢的鬼火

前方有一大片的黑
其實誰也不能保護誰
但是我會緊握妳的手
這是我的諾言
我的諾言
就是陪著妳一起冒險

愛情天秤

我的心裡有一座天秤
清楚的知道妳的溫柔妳的貼心
清楚的明白妳所做的點點滴滴

但是我的心裡卻還有另一座天秤
那座天秤告訴我
愛情無關於努力
那座天秤告訴我
我愛的是她不是妳

流浪的月餅

再也沒有人想吃月餅了
每一個月餅都被人們微笑的收下
又被微笑的轉送出去

月餅陪著我賞月的時候
難過的哭了

可我也是一個流浪的人
只能對他們說
月光下 一定會出現
一個愛吃月餅的女生
許了願的我們
只要靜靜的專心的等候

珍珠奶茶

珍珠是快樂
悲傷是奶茶

奶茶中竄流著珍珠
咀嚼了快樂
卻也摻和著悲傷

所以
沒有單純的快樂
也沒有絕對的悲傷

愛情就是這樣
就大口的
喝妳的珍珠奶茶

天上的雲說

天上的雲告訴我
夏天的鯨魚是被秋天的貓趕走的
它們說
掌管愛情的貓咪總相信
如果沒有涼爽的午後柔軟的風
那些躁動的靈魂
對於愛情裡的纖細
就永遠不懂

天上的雲還說
秋末時候寒冷的天空
是因爲北極熊正從遙遠的地方飛來
他們會努力的尋找並且擁抱
那些在愛情裡落單的人

月亮與太陽

如果我可以化作星星
灑進這藍色的框框
那麼這就是一幅完美的圖畫
然而我卻是顆太陽
注定要停留在不同的地方

冷卻了的靈魂
就算激烈的擁吻
也只是身體的磨擦

妳知道愛情就是這樣
愛情無法勉強

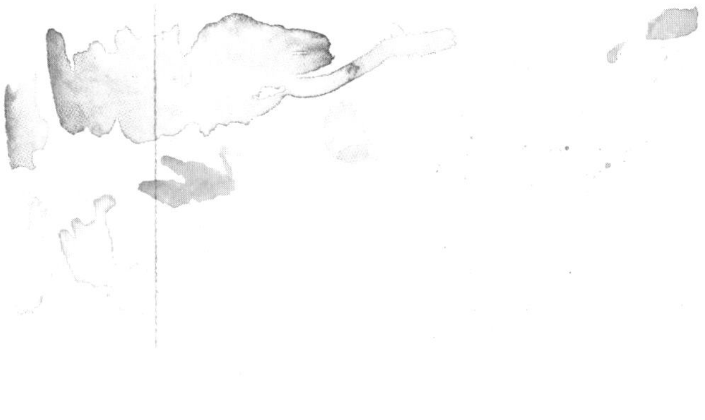

早安・少女

就像清晨的陽光
美少女征服我的黑夜
也征服了整個世界

可是她的心裡面
是否清楚的知道
世界與她之間
到底被征服的是誰

我曾經的美少女
相片裡美好依舊
但相框外的她早已光芒不再

白晝終究要被黑暗淹沒
什麼是美少女的美麗與哀愁
好奇的我永遠來不及懂
轉眼間
世界迎接下一個早安

男與女

妳不是我
怎麼會了解我匆促的身體
我不是妳
又如何能夠理解妳纖細浪漫的心

我們是相反的個體
不是該在世界的兩端對立

然而妳說
因爲妳愛我
因爲我愛妳
藉著所謂的愛情
我們交換了彼此的身體

童話之後

布幕覆蓋了森林
就算隨時會跌落
小矮人依舊努力的行走
王子的月亮在盤根錯節的森林裡
就像小丑下台後一樣黯淡無光

窘迫的巫婆對王子說
我只有那一顆蘋果
幫了你之後就再也沒有
於是當天空漸漸的漆黑
王子的世界只好絕望的入眠

那一夜之後
童話舊了　公主已走
王子陷在塵封的書本裡
從細微的縫隙呼吸

卸甲

其實妳從來不需要假裝堅強
當妳選擇在我面前卸下妳的甲殼時
妳不知道我無法承擔

因爲我也是假裝的
好早以前我就變得十分強壯
我的柔軟是假裝的
妳不知道眞正的我
其實是頭粗心的大象

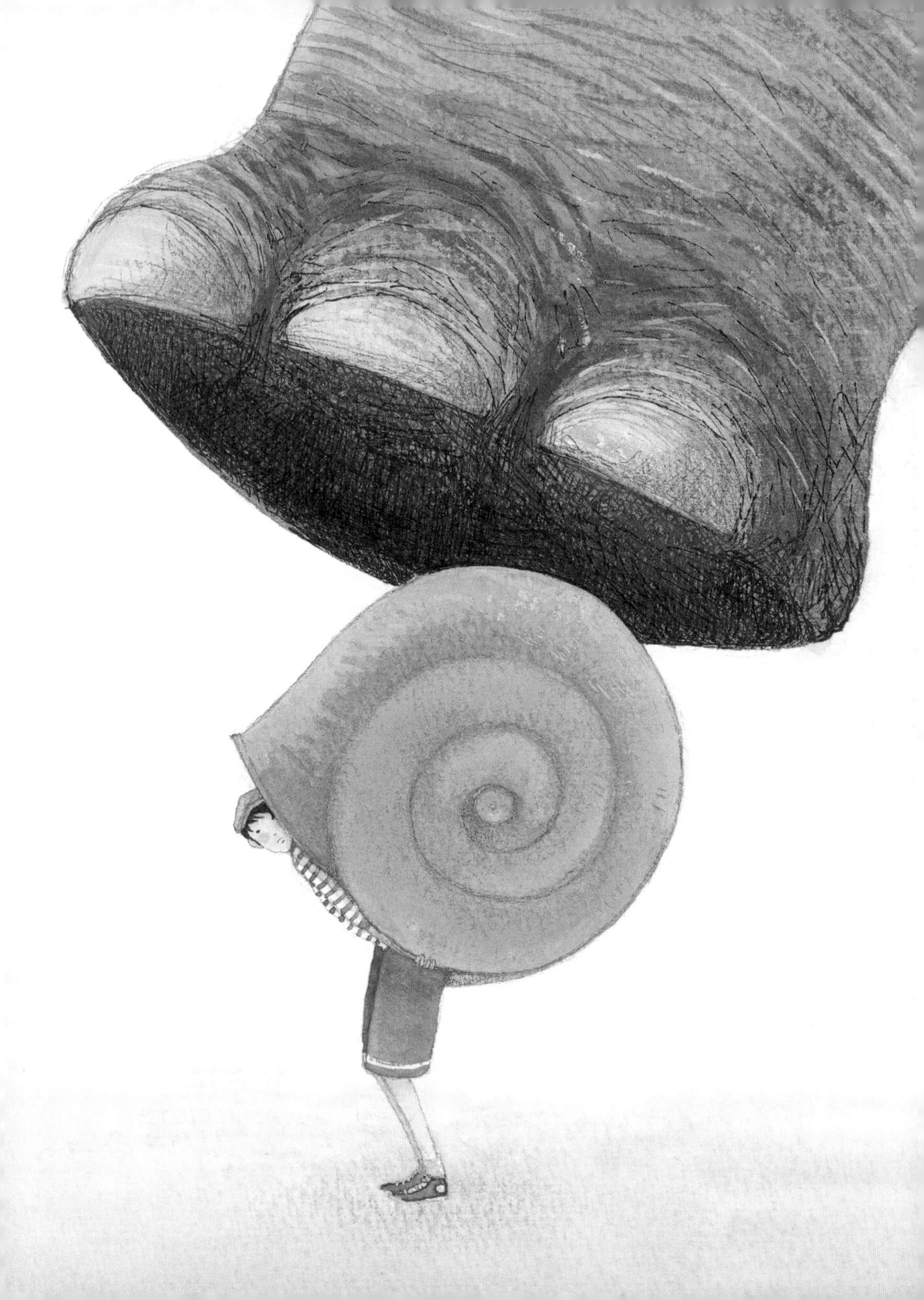

地上的星光

知道嗎
天上的每一顆星
都是地上那些落單的人的

她說當這個世界上
又有一個人終結了孤單
天上就會有一顆流星悄悄落下

我說如果世界不再有孤單
天空不就是一片黑暗嗎

她說可是你知道嗎
那時候人們再也不想抬頭仰望
因爲星空的燦爛
已經落在我們的身旁

人獸交戰

那天下午
我和我心裡的野獸
一直吵架
直到陌生的女孩離去
我又贏了

但奇怪的是
爲什麼每一次我都贏
卻一點也不開心

星空·心空

星空下我坐在她身旁
心裡想著要摘一顆星星給她
然而夜空卻告訴我
要就得拿自己的心來換
我摸進胸口
卻發現我的心不在了
我心虛的望著她
突然明白心爲何不在了
我的心當然不在了
因爲一直在她那裡啊

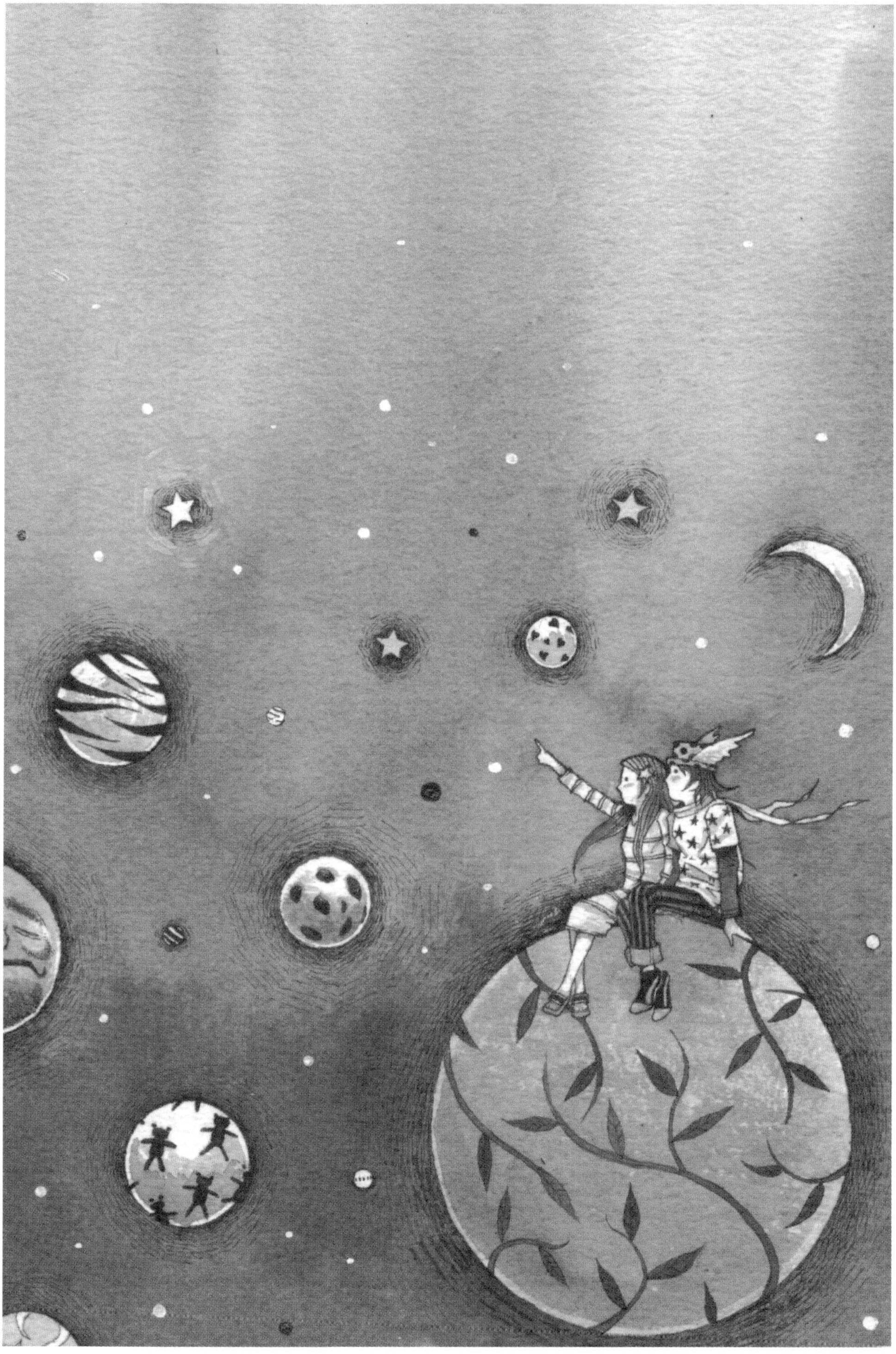

女生

妳總是頑強奮戰
用纖細的身軀
面對夢想
面對愛情
面對虎視眈眈的眼睛

親愛的女孩
我眞的想幫妳

妳卻只是握著拳頭對著我
然後淡淡的說
沙文的男生你不懂

瑞姆斯的魚缸

瑞姆斯有一個魚缸
我說養隻會發光的海水魚吧！
或是一隻鮮豔無比的美人蝦
不不不
海龜在水裡飛翔的姿態應該更棒

瑞姆斯的魚缸裡什麼都能養
卻始終一條魚也沒放
二十歲那年
我最後一次見到他

偶然我想起了他曾說的
美麗的都讓它自由吧
空的缸養著的
其實是一個希望

逃脫

我親愛的公主
我承認這一次的逃脫
也許是永遠的墜落
妳知道我什麼都不想說
妳知道
混亂時候的我
就是這麼懦弱

係金乀

那一年我記得妳問我愛不愛妳
就在一張清涼的海報前
那一天我兩眼僵直冷汗直冒
但最後還是被妳發現

我承認妳走掉的那一天
我的確是多看了兩眼
但是那時候我沒有騙妳
我愛妳是眞的
我說的
都是發自心底

HEY!!
MAN!
8/9 PM: 7:30
welcome ~~

躲哪

風在孤獨的時候
會蜷伏在空氣中
雨在孤獨的時候
會依附著雲
可是人在孤獨的時候
要躲在哪裡

自私

創作是自私的
愛情也是自私的

我留了四張圖給自己
這是我的愛情四季
與侯麥的電影無關

請容我留了一個自私的方式
詮釋我所以為的愛情

春

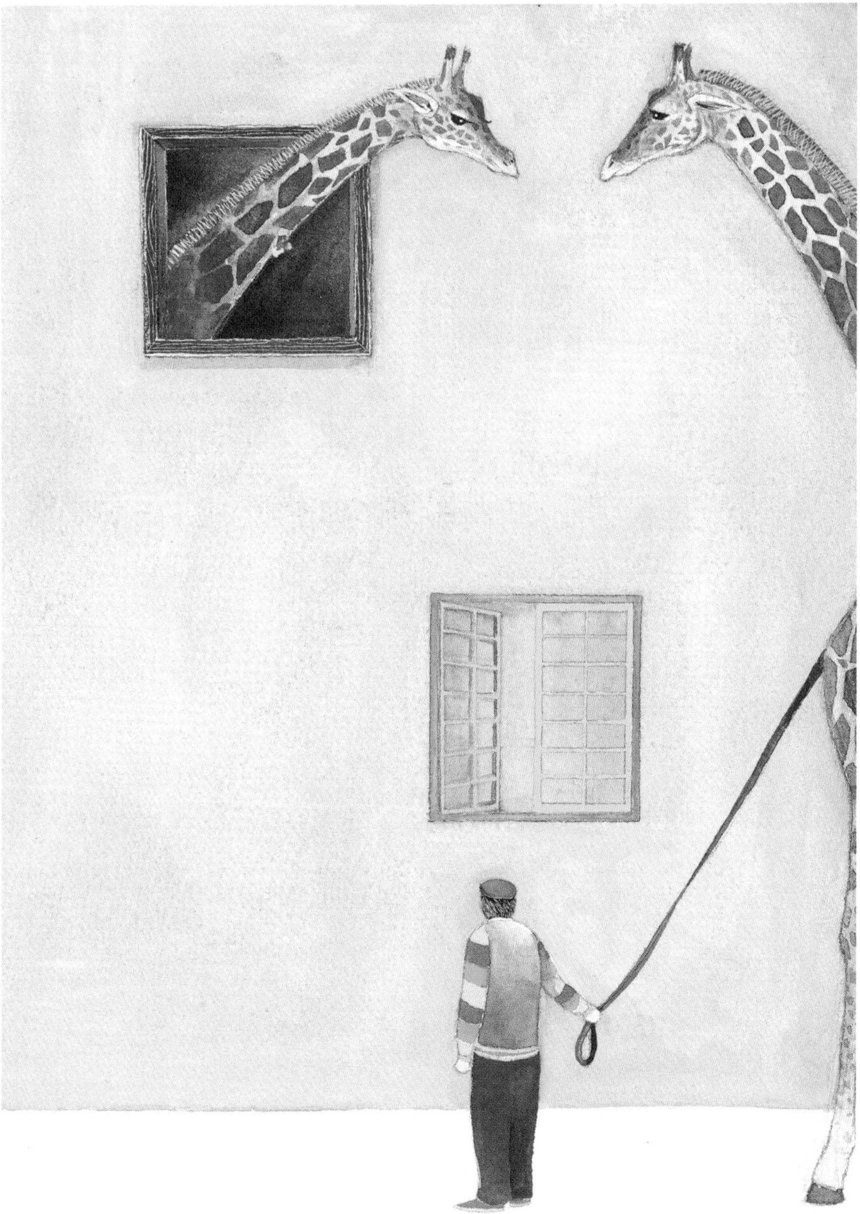

夏

秋

冬

卷二

再見童年

那座帶我飛翔的鞦韆
最後卻也是
拉我回到地面的鎖鍊

五歲那年
幼稚園裡有一座紅色的鞦韆

有一天
一隻大猩猩來到了我們的面前
手上留著一條我不明白的鐵鍊

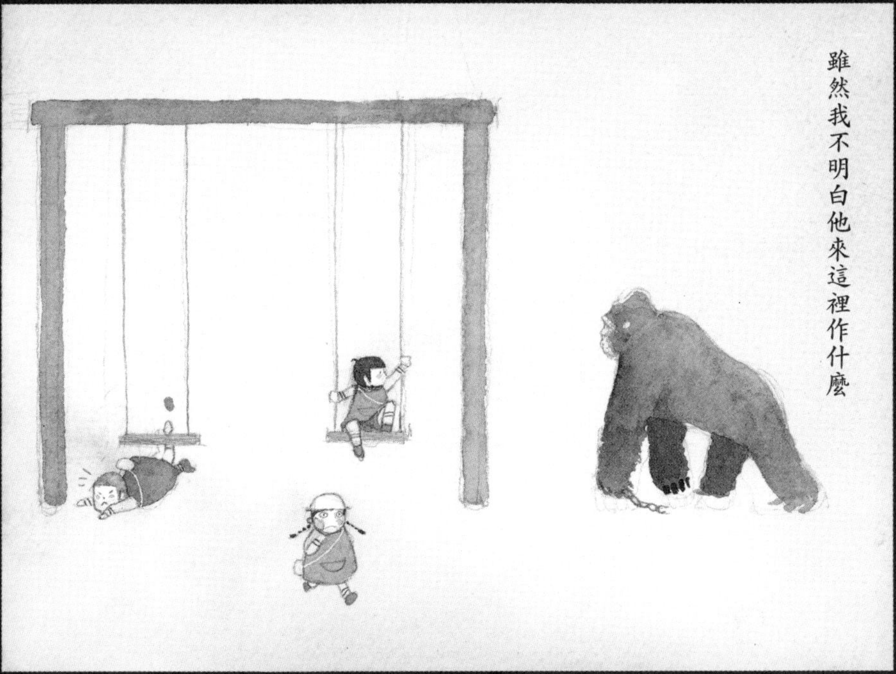
雖然我不明白他來這裡作什麼

但那是一個開心的下午

記得當時的我告訴大猩猩說

你相不相信
鞦韆盪到了最高點
我們的身體就會飛

然而大猩猩卻只是歪著頭

疑惑的看著我

後來大猩猩再也沒有出現
聽說他被一群大猩猩抓走了……

過了很久以後
我回到了這裡

鞦韆已經老舊
上頭的紅色油漆開始剝落

一群小朋友開心的走向我

他們對我喊叫對我揮手
但是他們說什麼我根本不懂

我回憶起那一個開心的下午
恍然明白
原來童年的那隻大猩猩就是小孩變的

因爲長大了
就要住在上著編號的籠子裡
銬上無比厚重的鐵鍊

我坐在老舊的鞦韆上
漸漸的彷彿開始明白了那一天
大猩猩爲什麼聽不懂我說的
他手上莫名的鐵鍊
還有爲什麼會來這裡

原來他也是逃出來的……

他只是和我一樣
回到紅色鞦韆的面前
告別那一段……
逝去的童年

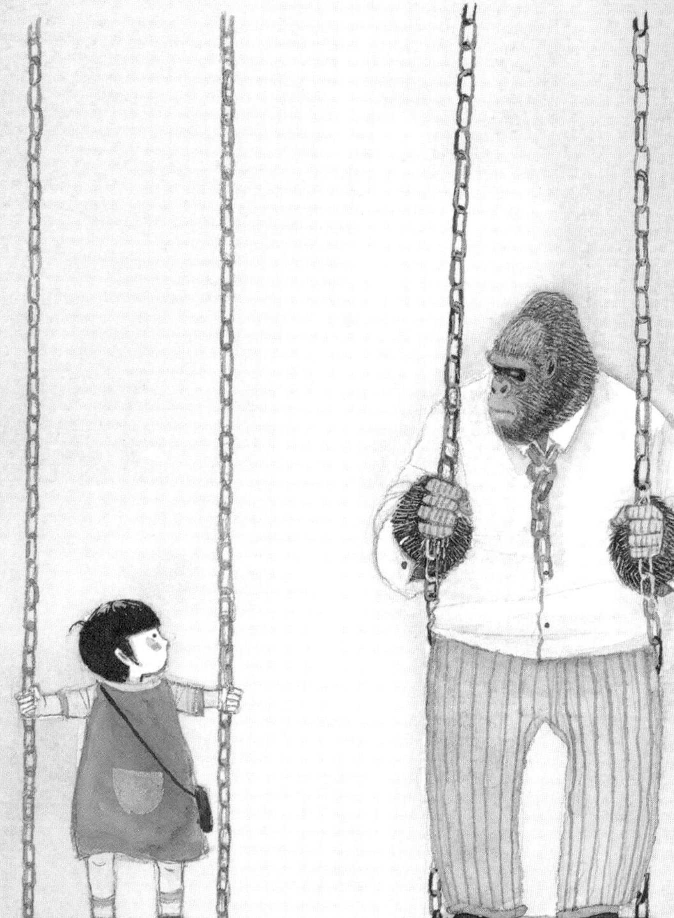

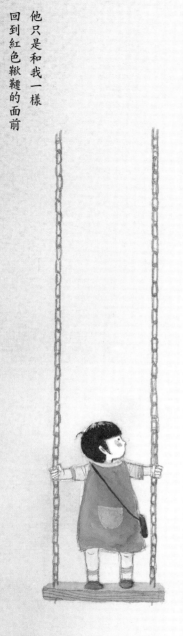

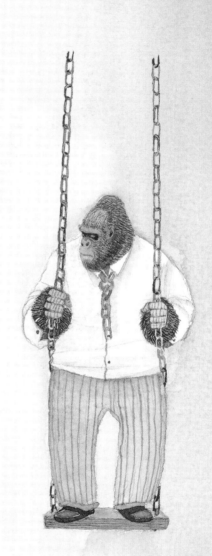

爵士夜

廢棄倉庫的屋頂上
有一隻貓在彈鋼琴
半夜一點五十三分
失眠的人都聚到了這裡
孤獨徬徨的人來了
討厭睡覺的小孩來了
孟克帶著比爾伊文斯
也從天堂飛來
那些喜歡報警的人早就累了
夜裡飄著爵士樂的香氣
有人當樂評
有人靜靜的聽
小孩只輕輕的呼喊貓咪貓咪

等待的蛹

美麗近在眼前
卻又遠在天邊
我們都在等待
自己會是天上的那一朵飛舞的蝴蝶

相信我
我只是一隻暫時受困的蛹
有一天
終會華麗蛻變

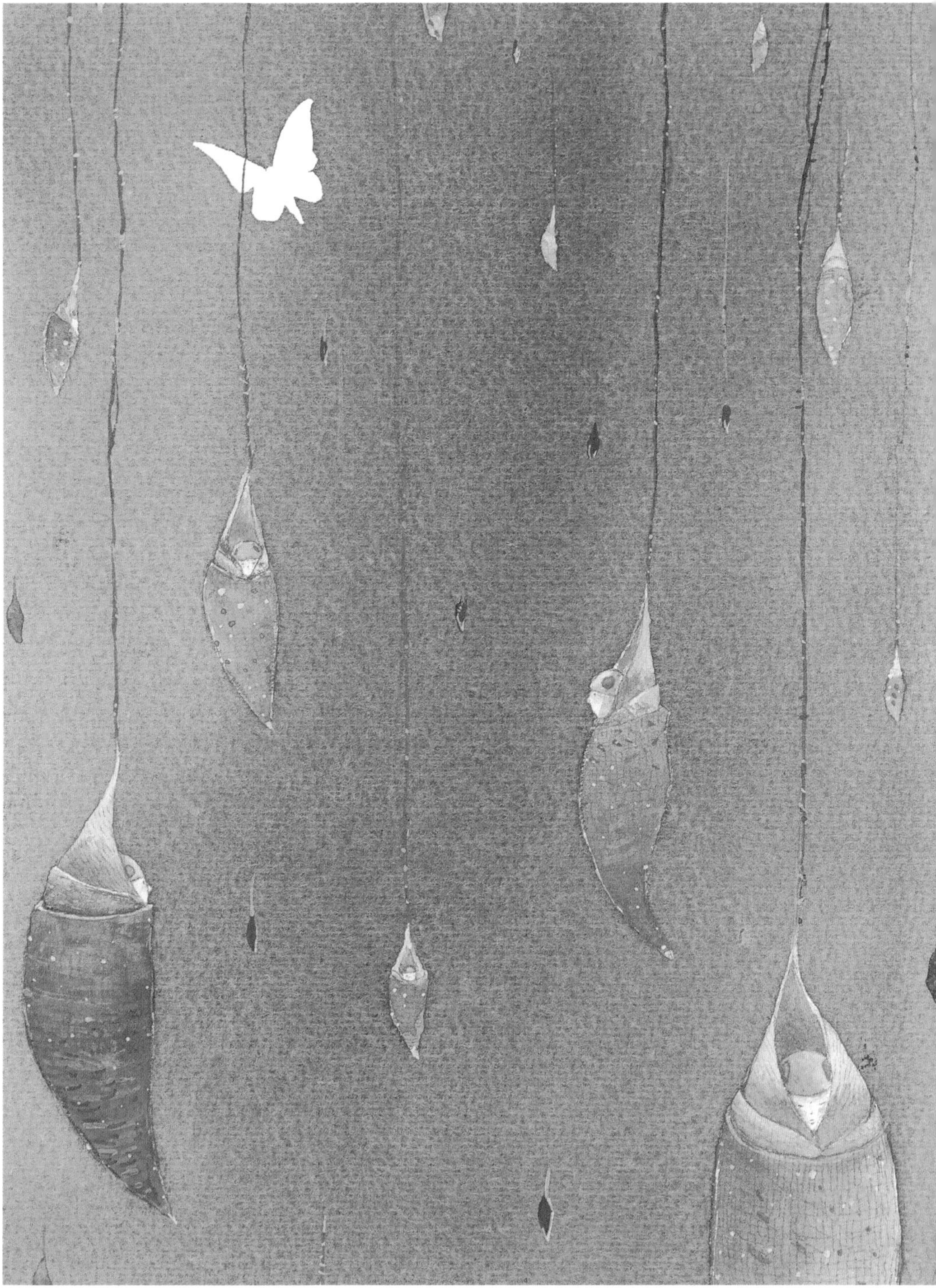

No Man No Cry

陌生的街道旁
有一間神祕的小酒吧
據說那是留給中年男子哭泣的地方
關於女人的眼淚我常聽說
卻不懂男人的眼淚是什麼

那天我走到了店門口
老闆揮揮手面無表情的對我說ＮＯ
他說孩子你不需要這裡
因爲你沒有一雙乾澀的眼睛
他又說不過沒關係
再過幾年你就會忘記要怎麼哭泣
到時候我再歡迎你光臨

NO MAN
NO CRY

微笑夜

一隻巨大的樹蛙盤據在大樓上
大人們躲在屋子裡驚恐害怕
他們說樹蛙對會動的東西敏感
要小孩安靜的待在家
可是他們還是偷偷的溜出去玩

深夜裡
巨大的樹蛙其實早就睡了
小孩看著樹蛙微笑的臉龐
也就禮貌的笑著
最後他們自己也睡著了

這是一個大家都睡著的夜晚
只有樹蛙和小孩
彼此微笑著

淋雨的人

海裡的河裡的魚
在下雨的時候
全都飛到天空
在綿密的雨滴裡穿梭

汽車　屋頂　雨傘　雨衣包裹著
城市裡每個人的心

童年的時候鄉下的老人曾說
下雨的時候
天空中真的有很多飛翔的魚
只有淋雨的人才看得見

一九八三年的謊言

一九八三年的那個自己
坐在我的對面
他說他是乖小孩絕對不會學抽菸
他又說他討厭俗氣的每天想賺錢
他還說就像那個同班三年的瞇瞇眼
他相信世上的純眞永遠不會改變

我坐在他的面前
熄掉了手上的菸
頻頻點頭說對

我知道我正欺騙著一九八三年的自己
就像一九八三年的我也對現在的我
說著無數的謊言

最兇猛的動物

九月二十三日俗稱的野獸在街頭遊蕩
人們逃到堅固的鋼筋裡透過鐵窗遙望
心裡就有了一種莫名的安全感

只是在牠們來之前走之後
這一面面的鐵窗到底是爲了什麼

長頸鹿看著我
用一種詭異的表情說
囚禁別人的終究被自己囚禁
自首吧
你們常說的
最兇猛的動物就得關在籠子裡

鬥魚

狹小的魚缸裡
我們穿著華麗的衣
孤獨的游來游去

吝嗇的空間裡
我們夜以繼日的戰鬥
直到死去

我們是一種泡巢型的鬥魚
每一個呵欠都是顆泡泡
泡泡裡隱藏著一顆叫夢想的卵
那一個夢想的卵
無聲的飄浮在
自己私密的天空

BOSTON

裸

我在尋找一個擁抱
然而爸媽說你長大了
男生說我們都是男子漢
女生說沒有承諾的擁抱
就像野獸般貪婪

擁擠的人群裡我左躲右閃
深怕一種不被允許的碰撞

那一天我閉上了雙眼蓋住了耳朵
世界瞬間像是無人的沙漠

給我一個擁抱好嗎
如果你真的發現
我們總在尋找複雜的理由
才能給予自己的身體
一種單純直接的溫暖

我的臉

我檢視著自己的臉孔
然後和自己的臉孔說話
我對他說
你有緊繃的線條
有別人畫上的顏色
還有隔離世界的妝
怎麼辦

然而我的臉孔卻笑了
在我最錯亂的時候
他說管他的就豁出去吧
於是……
我們鐵了心的玩

我真的很想
很快樂 很快樂 很快樂 的畫圖
很快樂

亦非真理

每個人都有自己的說法
每一個人都有屬於自己的價值觀
我們所信仰的所捍衛的
其實都是能夠保護自己的

我的哲學家導師說
多數人決定錯與對
於是這世界只有相對的正義
沒有絕對的眞理

怪物星球

我迷失在一個都是怪物的地方
身在其中我才想起我們的世界裡
也曾經出現過一個鬱鬱寡歡的怪物
他曾說我不怪
只是掉落在一個屬於你們的地盤
如果今天一切倒轉
你就會重新思考你們所謂的正常

我不知道那隻怪物是否找到了回去的路
只是在這裡
我決定幫自己上妝
並且打扮成他們喜歡的模樣
或許也試著和他們跳支舞
因爲暫時我還找不到回去的方向

飛翔的感覺

書桌前我抬頭看見了
大衛威斯納的繪本裡
青蛙飄浮空中的畫面
於是我模仿著
把綿羊花兔黑熊等
全都畫在天空飛

然而我懷疑
牠們永遠無法告訴我
關於飛翔的感覺
於是我決定留一個空間
然後把自己畫進圖裡面

卷三

幻想

幻想是一種溫柔的摧毀
它輕易的重建一個嶄新的世界

$599

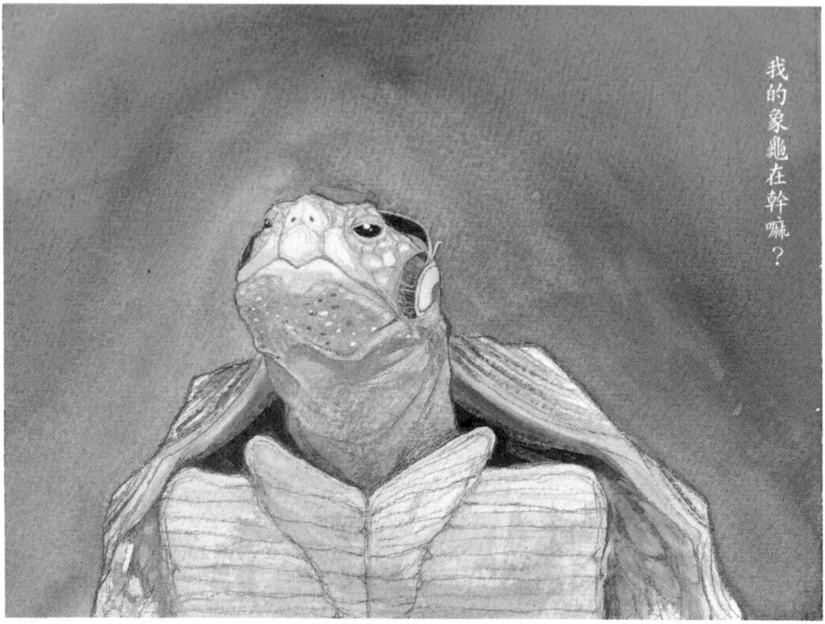
我的象龜在幹嘛？

青蛙在喝咖啡……

魚缸裡的紅木瓜河豚飛起來了

到底發生了什麼……

我的檯燈……

我以前畫過的獅子……

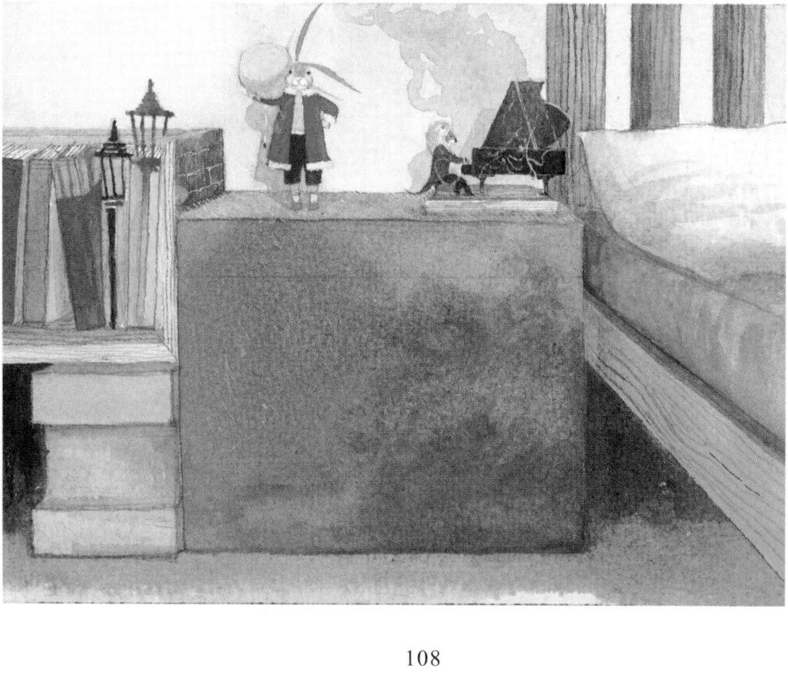

他們在對我招手……

原來是場夢
可是我好像一直清楚的醒著

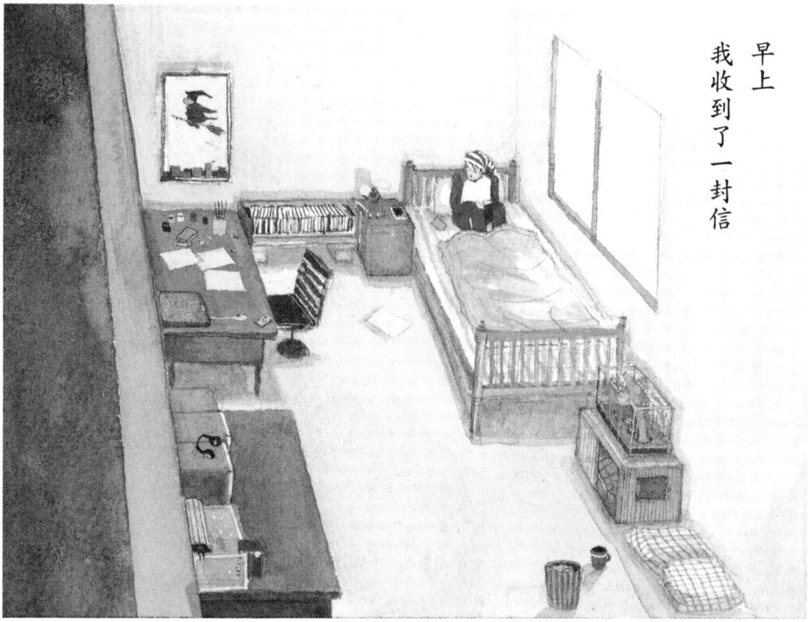
早上
我收到了一封信

信上寫著
恭喜你沒有被嚇倒

所以我們要讓你看見
一個全新的世界

凌晨兩點〇五分

凌晨兩點〇五分
我和我的哲學家羊
靜靜的對望
盡是一些沒有意義的對話

有時候我們想確定
世界是不是白天沉睡
到了夜晚才眞實的醒著
有時候我們不確定
一個人的夜晚
是否才是眞正的夜晚

然而又是一次沒有結論的對談
凌晨三點二十八分
哲學家羊再度消失
在睡意把一切淹沒之前

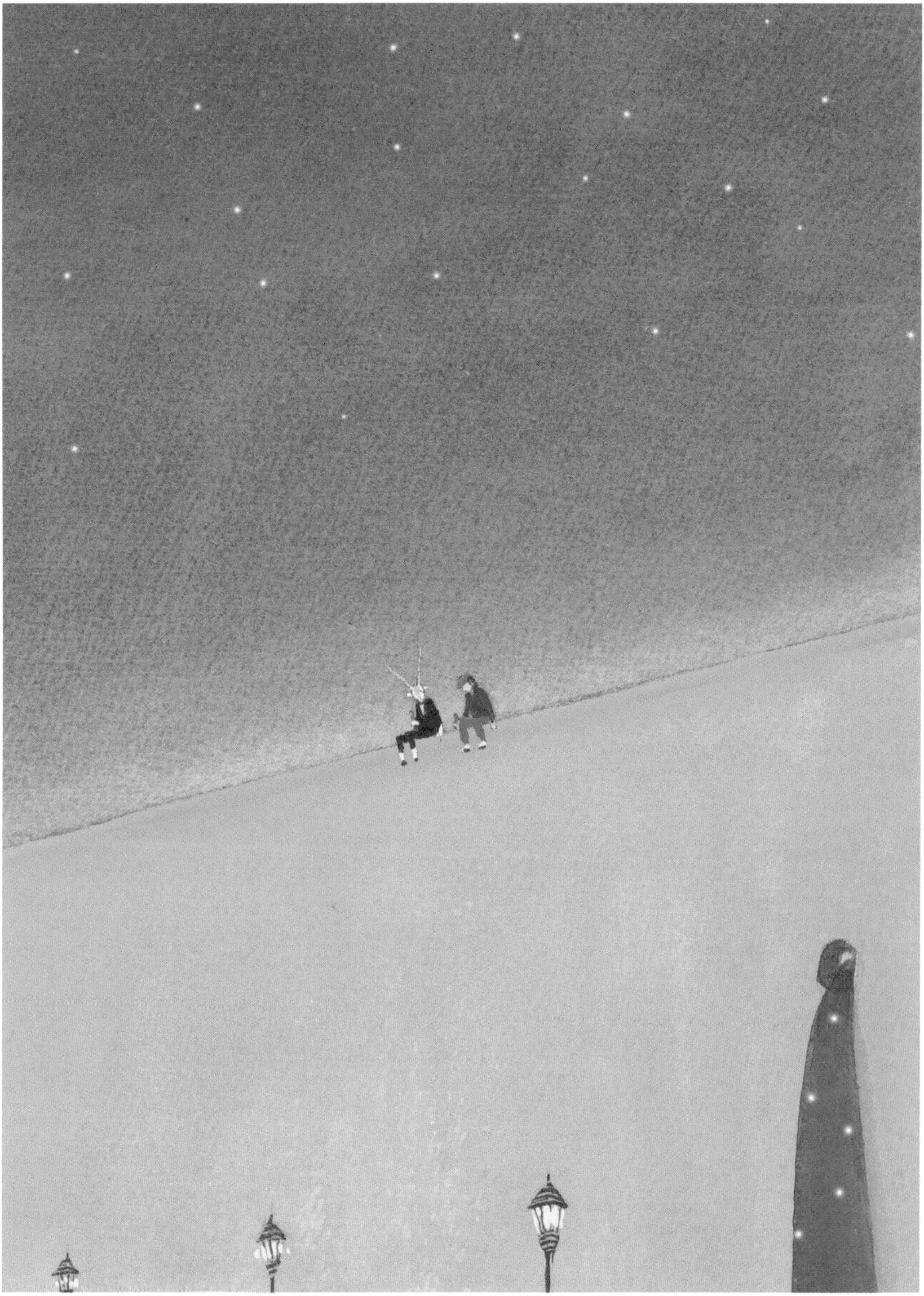

失敗的勇氣

不瞞你說
我眞的希望躺下去的人是我
你難道沒有發現
之前我是騙你的
當時我腦袋一片空白雙腿發軟
完全不是你看到的強者形象

勝利的背後
往往隱藏著許多銳利的眼睛
贏了的眞的那麼重要嗎
失敗的我又確實損失了什麼

這場競爭的擂台上
我想我不是眞的想贏
但是誰又眞有
那種下台的勇氣

寂寞的爵士樂手

我用力的吹奏歌曲
每一首都是發自我的內心

爲了這一小段即興
我已經練習過千百首歌曲
其實我的身體隱隱刺痛著
可是我寧願放棄那種痛快的哀嚎
讓你聽見美好的旋律

歌是寂寞的
音符也是寂寞的
有人唱和的歌
才是快樂的

國王

我會努力的
成爲你要的國王
雖然我沒說
那緊束的皇冠
我其實配不上

我會努力的
成爲你要的國王
雖然我沒說
乞丐般的笑容
其實更適合表相尊榮的我

我會努力的
成爲你要的國王
雖然我沒說
我殲滅不了血液裡逃竄的悲觀

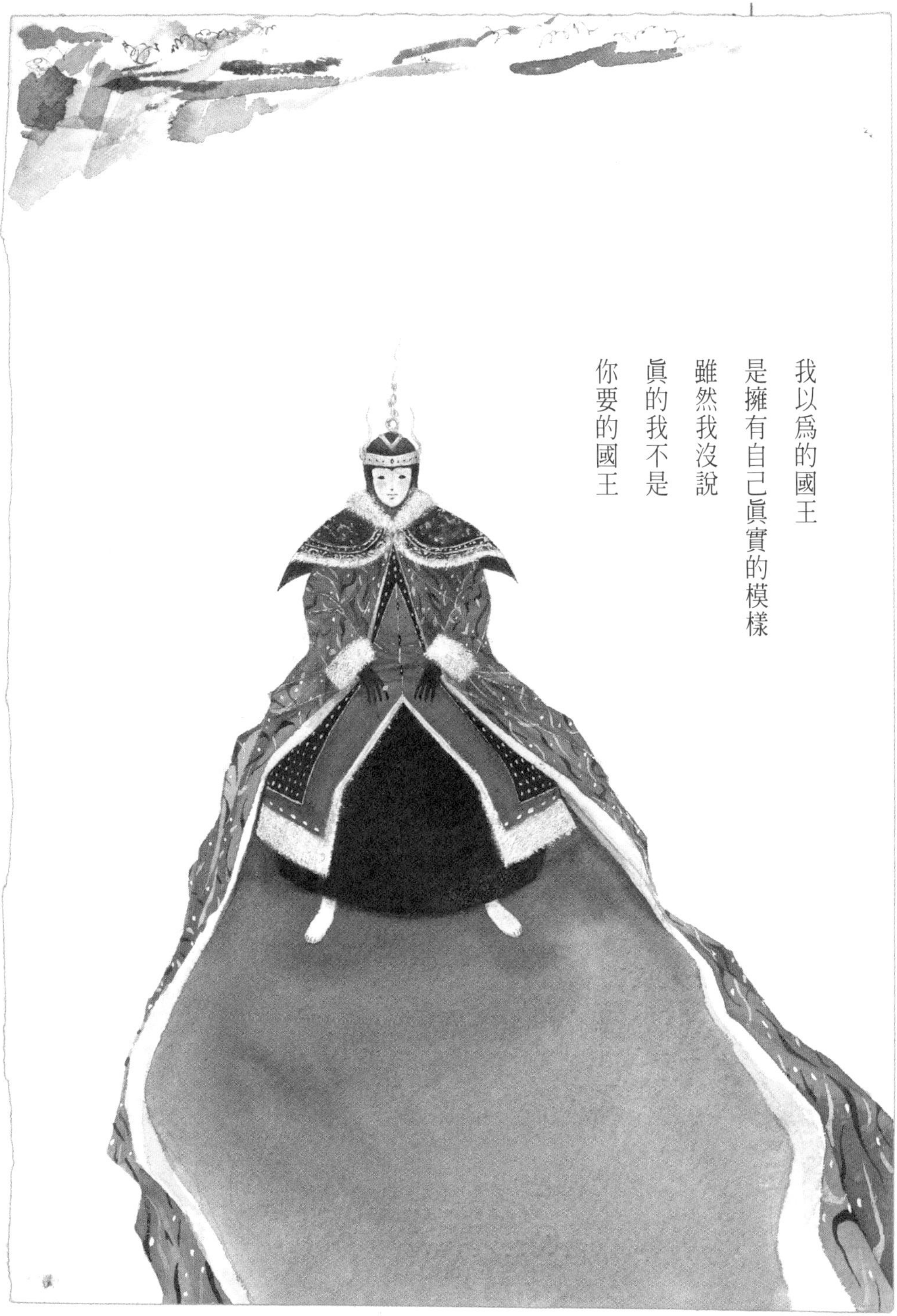

我以爲的國王
是擁有自己眞實的模樣
雖然我沒說
眞的我不是
你要的國王

我的大明星

他說他最大的夢想
是成爲另一個法蘭克辛納屈
但可惜是
暫時他要先待在馬戲團裡

他的落寞我懂
但是我跟他一樣什麼也沒說

那天
我畫了一張圖送他
他笑得好開心
一起合照吧
我說
等一下記得幫我簽名

FRANK MOKE

誠懇的歌手

我很誠意的想演唱一首歌曲
但是沒有誇張的打扮
似乎就沒有人聽見我的聲音

ＭＴＶ中的男女
好像個個都在發情
似乎遊走在尺度邊緣
就是一種自我風格的呈現
任性等同於創意
界線模糊了
純粹跟著不見

我是一個誠懇的歌手
卻跟著這樣華而不實的表演
也許因此你聽見了
卻可能聽不見
我對自己的討厭

龜殼

每次我泡澡的時候
總覺得自己像一隻翻倒的烏龜
不同的是
烏龜看不見自己的身體
而我卻可以一覽無遺

這世界的眼睛
像是不能妥協的模型
所有高矮胖瘦的身軀
都得狠狠的被塞進
這堅固的龜殼裡

翻倒的烏龜無能爲力
然而浴缸裡的我卻愉悅無比
我欣賞著自己的身體
並且撫摸著
我日漸肥美的肚皮

虛偽的衣

貓咪變成了獅子
狐狸穿著兔子的衣
是懺悔是害怕
還是準備蓄勢攻擊

我表情沉靜
因爲我不想分明

當天空還在等待黎明
當月亮也變得疏離
我的靈魂總在提醒我
別讓人看見
我赤裸的身體

睏

夏日的午後我在辦公桌上睡著了
眼前有一團村上春樹所說的白色霧氣

周遭的繁忙像是牆上不停擺動的咕咕鐘
主管的身影像極了劇毒的水母飄忽游移
眞實與虛幻間
如同一扇被風吹動的百葉窗扇

外面下雨了嗎
我想張開我的眼皮
但是誰有查特貝克的ＣＤ

再讓我睡一秒鐘吧
這世界就算我暫時的缺席
應該……
應該也還會努力的前進

沉默羔羊

沉默的人會是羔羊嗎
不知怎的
最近我非常喜歡畫綿羊
我總覺得綿羊的內心裡
一定有許多不爲人知的想法

他的沉靜　他的狡詐
他的妄想　他的憂傷
喜歡被複製嗎
眞的會從失眠的人頭上飛越
又或者如何看待被剃光後的清涼

夜裡我和神祕綿羊對望
我反覆的思索著
沉默的人爲什麼是羔羊

5

隨心所欲提領機

街上出現了一台提領機
是專門提領自己的隨心所欲

有人提領了一棟房子
有人提領唱片行所有的ＣＤ
還有一些人帶走了最新款式的電腦
或者一個大大的愛情

貪心的我想了很久
最後我做了一個決定
我說就領一個以前的我吧
我想得到的
是所有失去的

白色的框框

你要我發揮我的想像
卻其實給了我白色的框框

我知道你不願意面對
人的心終究潛藏著無限的黑暗

親愛的
我只是說說罷了
我承認人們還是需要一些規範
我也害怕那種氾濫
我害怕的
其實跟你們一樣

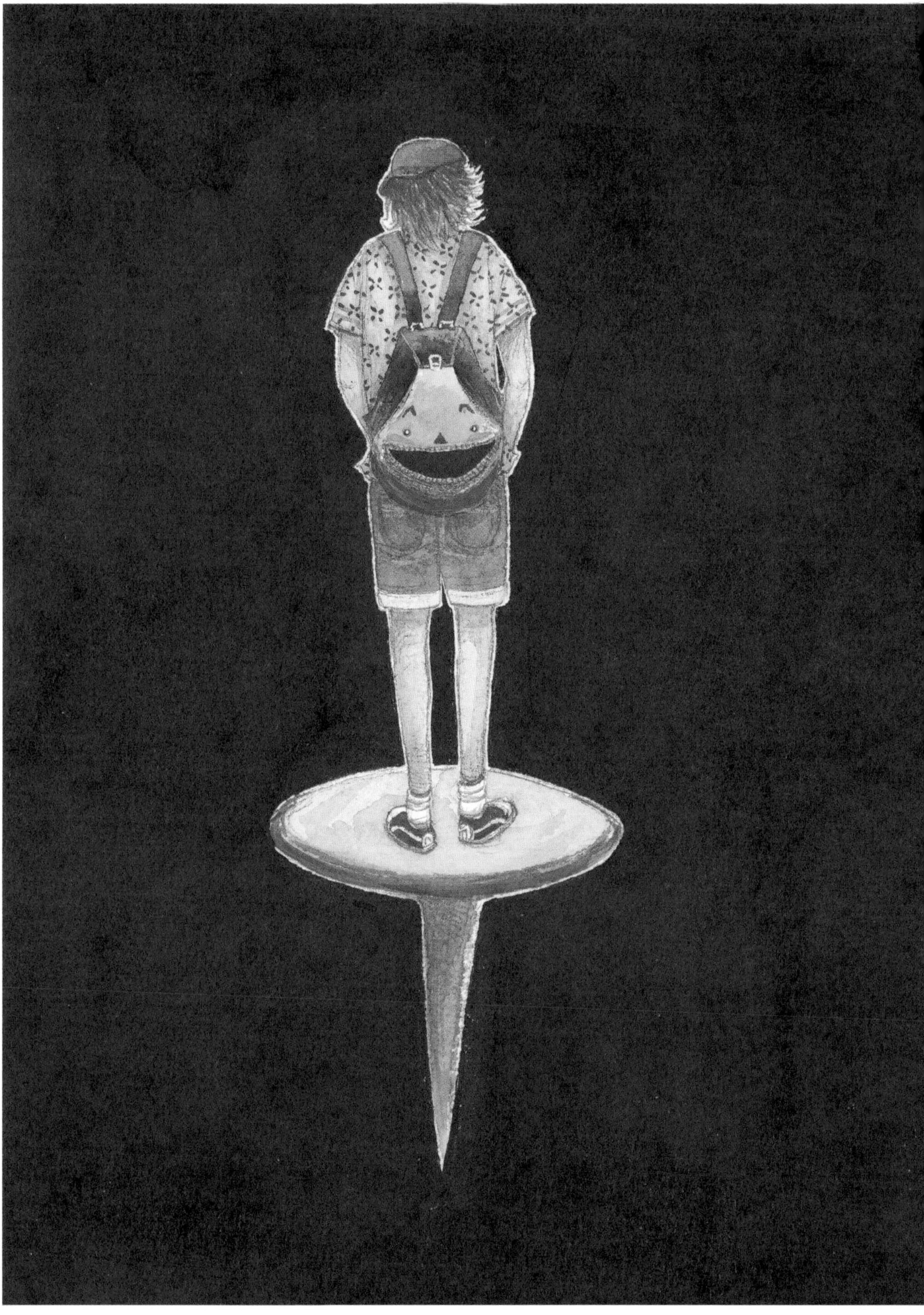

ㄍㄧㄥ

知道自己ㄍㄧㄥ什麼嗎
那遙遠的夢想
緊迫的現實
脆弱的愛情
挖空的身體

我抽了一口菸
讓靈魂暫時脫離自己

或許有天我會明白
是否眞是因爲貪心的
想賦予生命
一點莫名的意義

窗子

每一扇窗都有自己的景色
就像每一個人都有自己的人生
當我遇見不能理解的事
我總是倚靠窗前

窗子告訴我
景色沒變
差別的只是你我的視線

一個人跳舞

我總是一個人練習跳舞
從和煦的午後兩點鐘
到夜色深沉的時候

往往一天很快過去
偶爾寂寞漫長無比
常常我陷入瓶頸
卻也總是獨享開心

有一天也許我能夠站上舞台上
用我的動作告訴別人
這是世界上最棒的舞……

在那一天還沒來臨之前
四周只是一片寂靜
然而我的身體不想休息
我總是一個人練習跳舞……

卷四

出口

每一個在受困於愛情裡的人
在心裡
都藏著一個祕密的出口

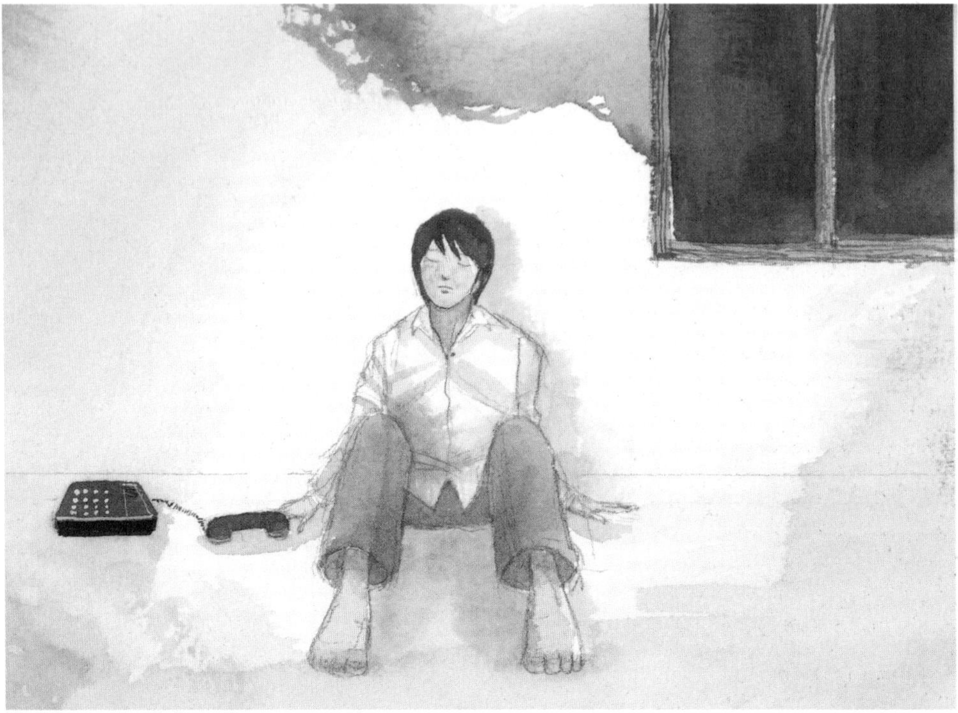

妳口不擇言的那個夜晚

我作了一個夢

夢裡我在海的上空飛行

翻騰的藍色潮汐
夜裡詭異的平靜
我想起了我們的愛情……

忽然
我落入了深深的海裡

絕望中
冰冷包圍我

海水裡
彷彿再也沒有人
看得見我哭泣

然而黑暗中
遠方亮起的一道光芒

是一條溫柔的美人魚
她伸出手微笑的對我說
來
我唱歌給你聽

撒旦

聖經上說
這個世界其實是撒旦在掌管的
我想起了爸媽的打罵
學校老師的教管
長官的責罰
還有那些權慾薰心的國王

掛掉了小菁查勤的電話
我豢養的
那隻被我上了腳鍊的鸚鵡

無辜的望著我
是不是所有的人其實都是天使
只是被某些想望拴住了
於是他們也用撒旦的模樣
一起將別人綑綁

人與城市

又是一個匆忙焦躁的地方
空間與人之間無話可講
牆壁上佈滿著無數的工作急待完成
這只是一個用來達成目標的城市

寂寞的建築師告訴我
他要帶著自己嘔心設計的房子
繼續尋找著
一個懂的享用他們的城市

蝴蝶與守宮

一隻叫做憂愁的守宮
出沒在我靈魂裡頭
專門捕食在我心中
叫做快樂的蝴蝶

我辛苦的驅趕著守宮
可是我的靈魂裡頭
似乎還有著許多不完美的洞
保護不了也防堵不了什麼

那一天我終於明白了
就讓蝴蝶與守宮繼續的追逐
我只要用一種小丑的幽默
從這無形的圓圈中輕盈的越過

夏天來了

鯨魚在我的窗邊招手
房間飄進啤酒的香氣
桌上的記事本
有螃蟹爬過的痕跡
海浪在對我唱歌
沙灘想擁抱著我的身體

知道嗎你們說的
我一點也不在意
我本來就不該待在這裡
夏天來了
我要在南方的天空飛行

睡眠女神

我的睡眠女神離我越來越遠
她說當我越努力的
想贏得別人的肯定
她就會越加傷心

世俗的一切
能夠暫時的放過我嗎
你們說得都對
也有千百個正確

但是知道嗎
我此刻的貪念
唯一的眷戀
是睡眠女神的美

鎖鍊

腳一定在地上
手一定在腳上嗎
關於人際關於愛情
就像是鎖鍊般的巨型軀體
他是你的腳底
但也許是我的天空

於是我叛逆想蜷起腳藏住手
卻發現自己
成了孤單飄浮的一粒球

沒有題目

左邊第二隻黑熊
是因爲畫壞了
原本想畫兩隻濃妝豔抹的狒狒

我喜歡輕鬆的畫圖
卻不太能夠接受敗筆的存在
所以我會盡量的補救
如果不行我還是得咬牙重畫

然而還好只需簡單的修改
所以這張圖我畫得很快
請原諒我並沒有想要表達什麼
我只是因爲想畫而畫了

於是我又塡滿了一張空白
實現了一點點幻想
然後愉悅了一小段下午

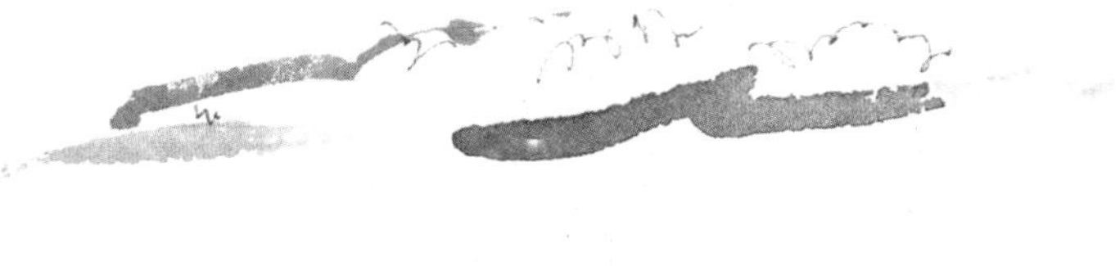

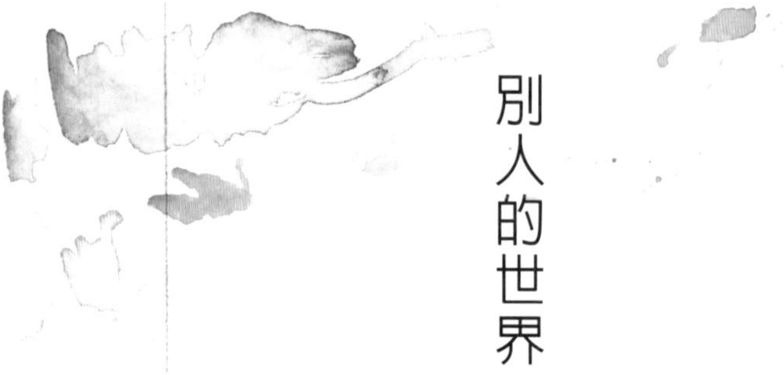

別人的世界

山的裡頭
藏著一個美麗的雪世界
那裡的主人說
歡迎來坐坐
但是不能永遠的停留

我好奇問他爲什麼
妄想停留的人都凍死了
他說
不一樣的世界
有著不同的可悲
可往往你我都以爲
別人的世界比較美

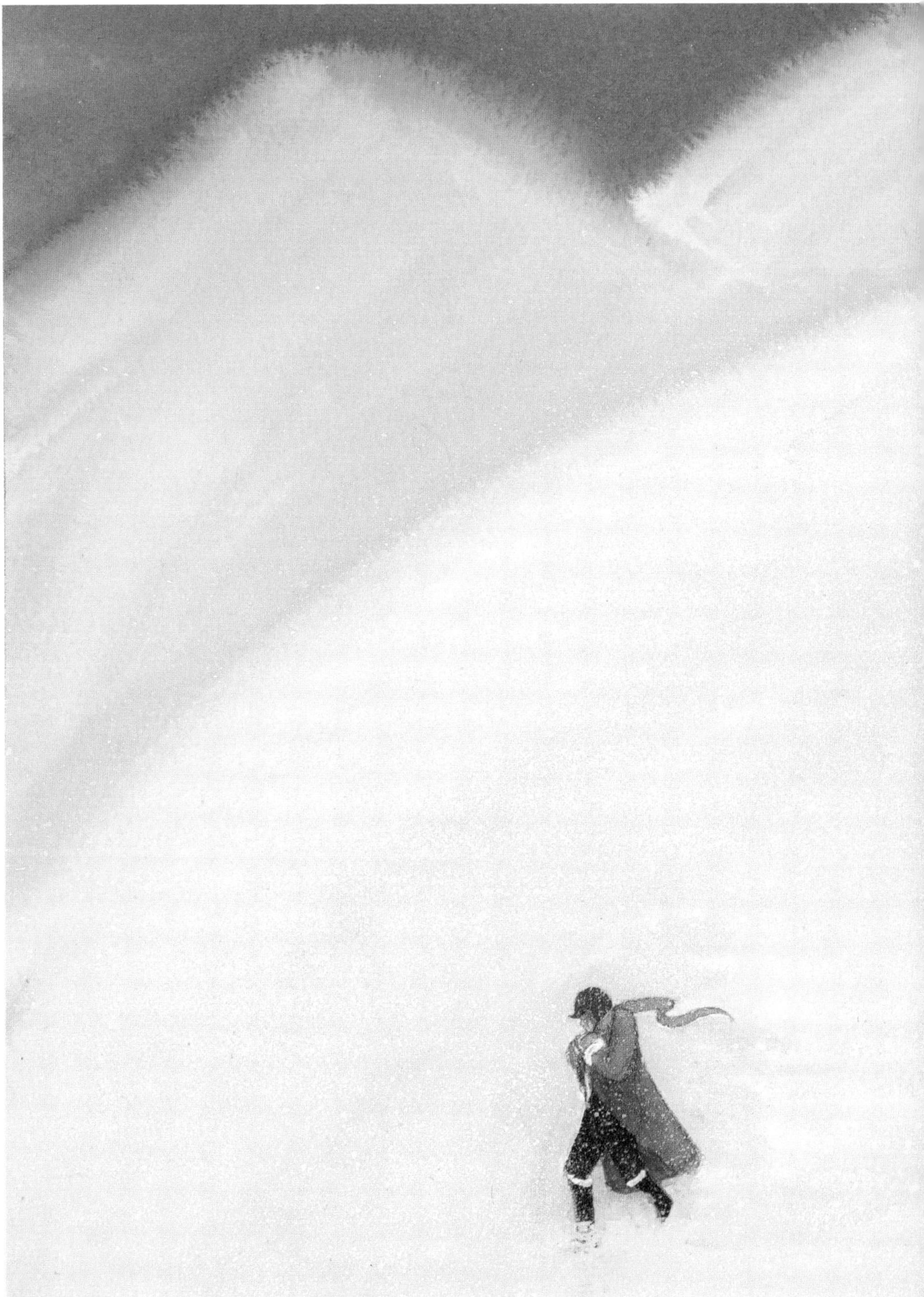

我在革命

我們在秩序裡前進
提拉米蘇與我
其實從來就沒有衝撞的勇氣

我們只是用緩慢的行走
來諷刺身旁的爭先恐後

看似剛強的人
終究在秩序裡臣服
懦弱的我們
卻悄悄的革命

行機車

快樂的那一段

當你粗暴的踐著我的雪人時
我明白你正在模仿
模仿著你印象中刺痛的那一段
你說作夢是一種妄想
天真是一種災難

其實我不會沉溺太久
你知道人終究會成長

如果你的天真曾經被踐踏
可不可和我分享一點點在那之前的快樂
可不可不要急著告訴我
後來悲傷的那一段

不羈夜

關於無尾熊懶洋洋的祕密
我一直不敢講
每天晚上我總要帶酒
還有一些爆米花
到動物園去供牠們狂歡
你們知道嗎
還有更可怕的
陸龜會在黑夜裡
溜到捷運軌道上賽跑
山豬會跑回去山上
綁著飛行翼滑翔
知道林旺吧
哈雷說那整堆的乾草
只是他的障眼法
林旺嘴裡所嚼的
其實是半夜偷來的口香糖

如果

如果那時候
是牛頓落在蘋果頭上
最偉大的科學家
會不會是一顆蘋果
世界會不會和現在不一樣
哈利波特會不會是一本寫實小說
愛因斯坦會不會反倒是最受歡迎的童書作家
圖文作者會不會登上時代雜誌封面

上帝說的會比理財聖經受人篤信嗎
上街遊行的會不會是異性戀者
女人會被男性主義者指控嗎
人們會不會赤裸的的行走

還有肥胖會不會是最完美的身材

媒體會不會更節制
大人會不會更誠實
戰爭能不能用一場球賽解決
工業革命會讓人們得到眞正的休息嗎

如果那時候
是牛頓落在蘋果頭上
答案會不會反而是問題
疑惑的是不是依然無解答

自由

其實我對跑車沒有興趣
我想要的是一台紅色的飛機
這樣我才能逃開地面的繁雜
享受天空

是的我坦承
就算擁有了
我也不一定敢開

但是我們不都是這樣嗎
要的不是去做
只是想要一種
可以去做的自由

快樂因子

那一天你終於相信了
快樂是會莫名其妙的消失
你不再能夠自以爲是的以爲
那是你對生命的充實

你該爲體內快樂因子的存在慶幸
一本好書一桌美食
一趟美好的旅行
一場浪漫唯美的愛情
原來不是快樂的本質
它只是誘發了你快樂因子的跳動

悲傷的心何必苛責
當快樂不再是一種責任
也許我們就能找到眞正的快樂

親愛的上帝

我終於可以好好的睡一覺了

謝謝祢

也代我謝謝所有愛我的人

阿們

他們常是我靈感的泉源，也是我分享心事的朋友，
其實他們也是這本書的作者……
跟我不同的是，他們通常快樂的創作著。

他讓所有人發現，
烏龜是會奔跑的……

有沒有看到！
青蛙真的會微笑……

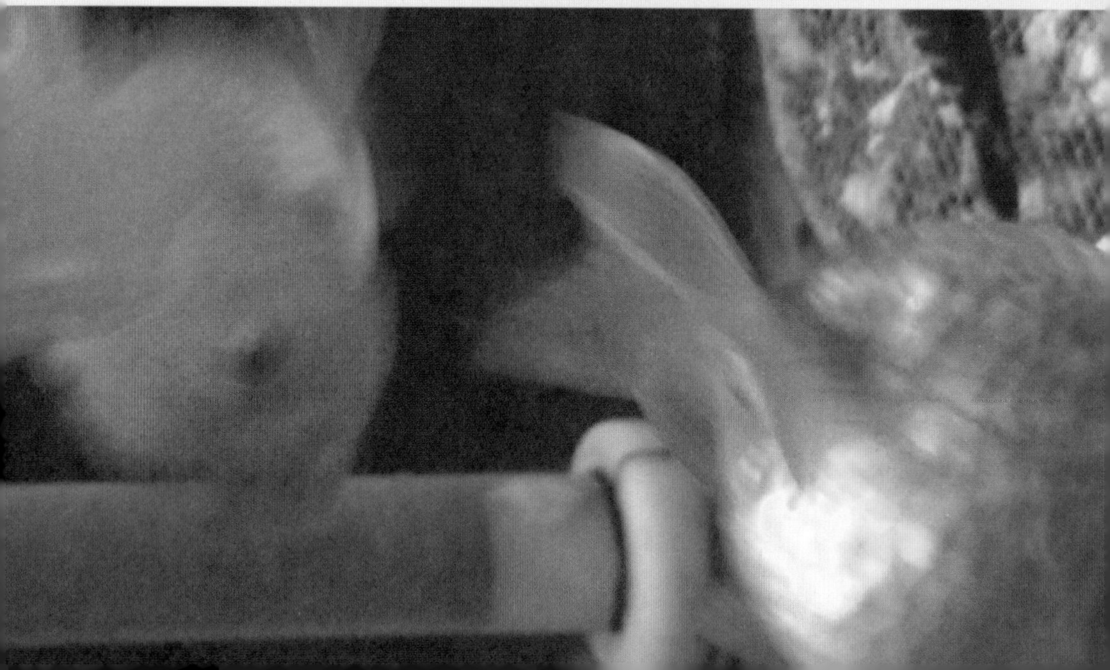

他是一種河豚，大部分的時間都躲在沙子裡，
但是我不只一次懷疑，牠會在夜裡偷偷飛起來⋯⋯

偷放一張我心愛的，
一隻會跳水中芭蕾的魚。

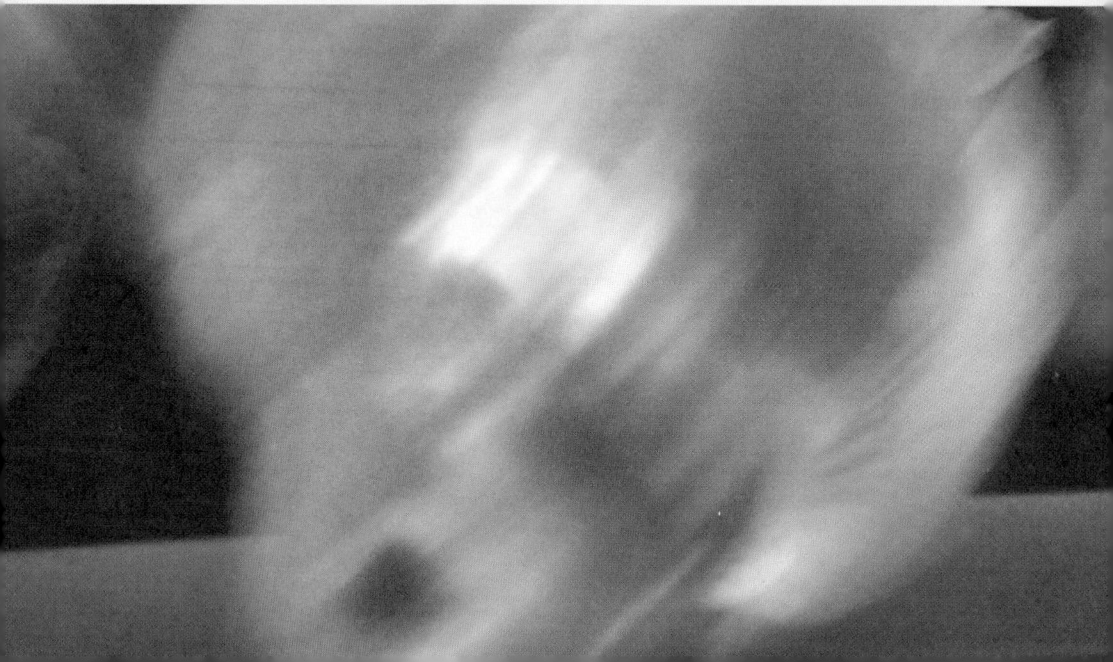

國家圖書館出版品預行編目資料

因爲心在左邊／恩佐◎圖文・－－初版.－－
臺北市：大田出版；民93
面；　公分.－－（視覺系；013）

ISBN 978-957-455-582-6（平裝）

855　　　　92021623

視覺系013

因爲心在左邊

圖文：恩佐
出版者：大田出版有限公司
台北市106羅斯福路二段95號4樓之3
E-mail:titan3@ms22.hinet.net
http://www.titan3.com.tw
編輯部專線（02）23696315
傳真（02）23691275
【如果您對本書或本出版公司有任何意見，歡迎來電】
行政院新聞局版台業字第397號
法律顧問：甘龍強律師

總編輯：莊培園
主編：蔡鳳儀　編輯：蔡曉玲
行銷企劃：黃冠寧　網路行銷：陳詩韻
美術設計：純美術設計
校對：陳佩伶／耿立予
承製：知己圖書股份有限公司　電話：(04)23581803
初版：2004年（民93）一月三十日
六刷：2010年（民99）九月七日
定價269元

總經銷：知己圖書股份有限公司
（台北公司）台北市106羅斯福路二段95號4樓之3
電話：(02)23672044・23672047　傳真：(02)23635741
郵政劃撥：15060393
（台中公司）台中市407工業區30路1號
電話：(04)23595819　傳真：(04)23595493

國際書碼：ISBN 978-957-455-582-6 /CIP：855/92021623
Printed in Taiwan

閱讀是享樂的原貌，閱讀是隨時隨地可以展開的精神冒險。

因爲你發現了這本書，所以你閱讀了。我們相信你，肯定有許多想法、感受！

讀 者 回 函

你可能是各種年齡、各種職業、各種學校、各種收入的代表，
這些社會身分雖然不重要，但是，我們希望在下一本書中也能找到你。

名字／＿＿＿＿＿＿＿＿ **性別／**□女 □男　**出生／**＿＿＿年＿＿＿月＿＿＿日

教育程度／＿＿＿＿＿＿＿＿＿＿＿＿

職業：□ 學生　□ 教師　□ 內勤職員　□ 家庭主婦
□ SOHO族　□ 企業主管　□ 服務業　□ 製造業
□ 醫藥護理　□ 軍警　□ 資訊業　□ 銷售業務
□ 其他＿＿＿＿＿＿＿＿

E-mail/＿＿＿＿＿＿＿＿＿＿＿＿＿＿＿＿ 電話/＿＿＿＿＿＿＿＿＿

聯絡地址：＿＿＿＿＿＿＿＿＿＿＿＿＿＿＿＿＿＿＿＿＿＿＿＿＿＿

你如何發現這本書的？　**書名：因為心在左邊**

□書店閒逛時＿＿＿＿＿＿書店 □不小心翻到報紙廣告（哪一份報？）＿＿＿＿＿＿

□朋友的男朋友（女朋友）灑狗血推薦 □聽到DJ在介紹＿＿＿＿＿＿＿＿＿＿

□其他各種可能性，是編輯沒想到的＿＿＿＿＿＿＿＿＿＿＿＿＿＿＿＿

你或許常常愛上新的咖啡廣告、新的偶像明星、新的衣服、新的香水……
但是，你怎麼愛上一本新書的？

□我覺得還滿便宜的啦！ □我被內容感動 □我對本書作者的作品有蒐集癖
□我最喜歡有贈品的書 □老實講「貴出版社」的整體包裝還滿 High 的 □以上皆非 □可能還有其他說法，請告訴我們你的說法

＿＿＿＿＿＿＿＿＿＿＿＿＿＿＿＿＿＿＿＿＿＿＿＿＿＿＿＿＿＿＿＿＿＿

你一定有不同凡響的閱讀嗜好，請告訴我們：

□ 哲學　□ 心理學　□ 宗教　□ 自然生態　□ 流行趨勢　□ 醫療保健
□ 財經企管　□ 史地　□ 傳記　□ 文學　□ 散文　□ 原住民
□ 小說　□ 親子叢書　□ 休閒旅遊 □ 其他＿＿＿＿＿＿＿＿＿＿

一切的對談，都希望能夠彼此了解，否則溝通便無意義。
當然，如果你不把意見寄回來，我們也沒「轍」！
但是，都已經這樣掏心掏肺了，你還在猶豫什麼呢？
請說出對本書的其他意見：

大田出版有限公司編輯部 感謝您！

廣 告 回 郵
北區郵政管理局登
記證北台字1764號
免 貼 郵 票

From：地址：

姓名：

To：**大田出版有限公司　編輯部收**

地址：台北市106羅斯福路二段95號4樓之3
電話：（02）23696315-6　傳真：（02）23691275
E-mail：titan3@ms22.hinet.net

大田精美小禮物等著你！

只要在回函卡背面留下正確的姓名、 E-mail和聯絡地址，
並寄回大田出版社，
你有機會得到大田精美的小禮物！
得獎名單每雙月10日，
將公布於大田出版「編輯病」部落格，
請密切注意！

大田編輯病部落格：http://titan3.pixnet.net/blog/

智　慧　與　美　麗　的　許　諾　之　地